雛菊的人生

吉本芭娜娜——著
奈良美智——繪

張秋明——譯

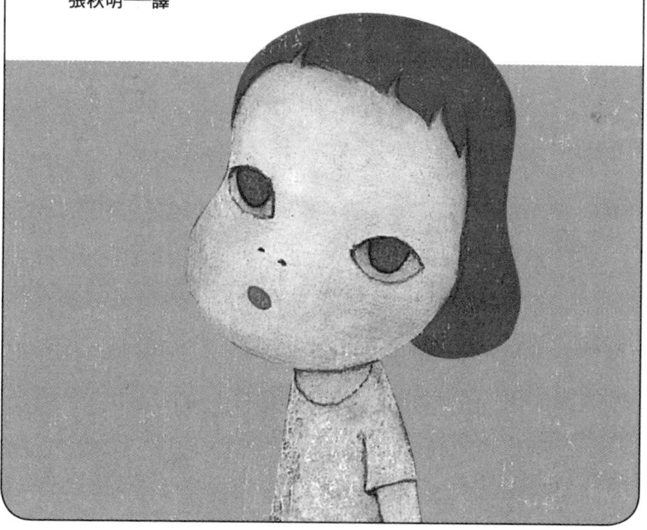

contents

一個關於懸崖半山上人家的夢

有些事固然很不可思議，但因爲太過自然地融入了日常生活裡，習以爲常後也就令人不想多做解釋。這種情形經常發生。例如一邊看電視一邊隨意地玩著撲克牌算命時，同樣的牌會出現好幾次；或是散步時，一連看見三次碎裂的鏡片等等，諸如此類不一而足。

自從十一歲那年，我和名爲大理的童年好友分別以來，每年我都會做一次關於她的夢。她隨著再婚的媽媽遠赴巴西，我們之間既沒有通信，也沒有電話往來。可是我卻持續不斷地夢見她。每一次都是相同的夢境。儘管我對大理已不再那麼執著，夢見她卻令我安心。因爲夢裡的氣氛是那麼地幸福美滿，總令我感覺大理應該在天涯海角的某個地方好好地生活著。沒有其他人能讓我希望他在天涯海角的某個地方好好地生活著。所以當心中充滿那種溫暖的感情時，我也覺得幸福滿盈。

夢到大理，幾乎每次都是同樣的夢境。與其說是夢，我反而覺得應該是透過某種形式超越時間與空間，再一次回到過去的世界。不過就是回到孩提時代的我的身體裡過了一夜而已。但無庸置疑地，若非是夢境，這種事絕對無法實現。

夢中的我身處於小時候所住的姨丈家。如今姨丈他們家早拆掉了，附近到處蓋滿了房子；當時他們家後面是一片樹林，常常夜裡我會跑去找住在林子那一頭的大理在林子裡見面。

儘管只是過去時光的重現，因爲是在夢境中，感受性變得更加敏銳，不論是聲音、顏色、情感等都比現實的回憶要動人百倍以上。

每一次夢見她，總聞到一股枯葉的味道。總是在夜晚。我站在泥土、秋風的香氣精華和乾燥空氣所製造的枯葉地毯上。周遭因爲月光而微亮，街燈零星矗立著。只有那裡有一道強烈的光線。星星也跟鑽石一樣激烈地發出閃光。每當吹起了風，枯葉便發出微妙、細弱的聲音，一如在水中流動般地飛舞在地面上、在空中。

還是小孩子的我，又是寄人籬下的身分，我規定自己當姨丈夫婦不在家時，絕對不能使用電話。因爲我的童稚心靈知道一旦稍微放縱自己，潛藏心中的慾念就會破殼而出，恃寵而驕的結果只會讓我失去我所珍重的一切事物吧。

因此我找大理出來時，總是吹響小學音樂課用的童軍笛。我吹響了笛子。單調純樸的音色就像踩著枯葉的跫音一樣傳進了大理的耳中。通常小孩子夜裡都會在家，所以大理幾乎都能循著笛聲找到我。

當樂聲流瀉在林子裡時，不知道爲什麼我似乎能清楚看見寫在五線譜上的音符。我發現笛子的聲音比我自己的聲音還更具有肉體性。那是一種將聲音和心情合爲一體的樂器。

不久大理就以童年時的身影——曬得黝黑的肌膚和一臉的笑容，踩著枯葉快速地跑了過來。一看見她，我的心中立刻有著幸福滿盈的感覺。

然後我們會先在林子裡玩耍一陣子，接著不是到大理的媽媽所開的小酒館玩，就是走去姨丈和阿姨經營的煎茶餅店。只要是我們兩人一起出現，就不會捱罵。我們可以混在大人之間當作特別的小孩，度過夜晚漫長無聊的時間。

在我稱不上是美好童年時代的唯一歡樂記憶，就只有大理。定期做的夢，就像是我僅存的一本相簿一樣。

而在年滿二十五歲後的幾個月的某個早上，我猛然驚覺，這一陣子我居然都沒有再夢見大理。

我錯愕地想著：難道說二十五歲就是眞正成爲大人的年紀嗎？也許頭腦裡的什麼功能會自動轉換，從此和童年時代一刀兩斷。夢見大理是我的娛樂，想到從此再也夢不到她，讓我有些失望。

那天下午很忙，我忙著不斷地炒麵，連休息時間都沒有。因爲費工夫，姨丈店裡午餐時間不賣煎菜餅，只供應炒麵。大部分的日子，都由我負責準備午餐。眞不知道爲什麼有那麼多人大白天就想吃炒麵呢？我常常納悶。

姨丈店裡的正中央有張大鐵板，客人的座位就圍在鐵板的四周。客人點的東西由師傅當場做好後直接送到客人面前。換句話說，我的炒麵工夫也必須直接呈現客人眼前。以前還會覺得緊張，現在就算做壞了，也能裝做若無其事地蒙混過去。有一次因爲有心事，忘了倒油便直接炒起了食材，但我還是面不改色地添油繼續翻炒。實在是炒過太多的麵了，就算我肚子再怎麼餓也不會想吃炒麵。我幾乎已經看過一輩子該看的炒麵分量吧，始終都是用眼睛在品嘗那些炒麵的滋味。

不過對我而言，唯一的樂趣是午餐時間來的客人是那種晚上絕對不會來的人。有獨自一個人來，大白天就開始點啤酒喝的大叔；也有食量很大的粉領族、附近的家庭主婦；還有年輕媽媽帶著小朋友。各式各樣的人吃著同樣的食物，而且是所謂「炒麵」的獨特食物。看著他們並排坐著低頭猛吃炒麵的樣子，我覺得很好玩。

門口掛上「準備中」的牌子，客人們一一回去，大家分工打掃，打工的大學生下班後，店裡面才又恢復安靜。剛才還熱鬧喧嚷的氣氛餘韻和炒麵味道仍盤旋在店裡面。

我坐在最裡面啃著紅豆麵包時，阿姨走了過來。她似乎吃不膩炒麵，端著一人份自己炒的麵來到我身邊。看著她吃麵的樣子，我心想這輩子自己肯定不會像她那樣吃得津津有味吧。因爲仍然在意外觀上有何不同，感覺就像欣賞插花一樣。我覺得阿姨的麵比起我平常炒的要濕潤許多。

我早已搬出姨丈他們家了。雖然高中之前一起生活過，我和阿姨之間卻沒什麼話說。阿姨是過世媽媽的妹妹，但長得一點都不像媽媽。不過有時候我們一起待在廚房，站在後面看著阿姨的身影，會讓我產生和媽媽一起做事的錯覺。聽她的聲音、看她的人時，感覺不出來；阿姨沉默不語時的氛圍竟跟媽媽十分相似，讓我覺得很不可思議。

我們兩人默默地各自吃完午餐，看著店裡的電視。玻璃窗外的午後街頭，不時有行人經過。

「阿姨，妳有沒有這種經驗，常做的夢突然不做了，心情變得很不安？」我一邊泡茶一邊問。

「我最討厭那種事了。感覺很迷信不是嗎？」阿姨說。

「阿姨都做些什麼樣的夢呢？」我興趣盎然地詢問。

「夢很自由呀。有時會夢見長頸鹿還是鮟鱇魚什麼的。不是有個叫做帝國大廈的嗎？有時也會夢見。還有戀愛的夢。」

「是嗎。」

「人心是很奧妙難測的。白天沒有想到的東西，常會出現在夢裡。」阿姨說。

「說的也是。」我故做平靜地回應，內心早已爆笑如雷。心想果眞每個人的內心世界都不一樣呀。我很想多問一些，卻又覺得多問的結果還不是一樣。電視裡八卦新聞的聲音輕輕地流瀉在店裡面。天空顯得陰霾不開，充滿各種灰色的雲層一直延續到遠方。

「好像快下雨了，帶著傘出門比較好吧。」阿姨說。

那天晚上在夢的入口，我感受到枯葉的味道和秋風的氣息。我心想：太好了，跟往常一樣，是大理的夢。

可是之後的夢境卻又全然不同，令我十分驚訝。

那房子大概是蓋來當做別墅，所以蓋在可以看見海洋的半山腰。房子後面是陡峭的懸崖。玄關設在懸崖那一邊，玄關旁的窗戶就緊貼著山壁。傾斜的岩石是一片濃重的灰色——爲了阻擋山崩的石塊，上面覆蓋著老舊的鐵絲網。

走進玄關，迎面就是一張大桌子。桌面是用紋路清晰的厚實木板做成，足以容納十個人用餐。

後面則是一道和厚實餐桌很不搭調，寒酸一如梯子的樓梯。樓梯後面是一座壁爐。壁爐似乎已經長久沒有使用，裡面只有些許燃燒木塊、紙張之後的灰燼，上面還堆積著成疊的舊雜誌。

爬上梯面很窄、坡度很陡的樓梯來到二樓。二樓的屋頂是斜的，呈現一個空曠如廢墟的木頭房間。接著走廊上有一扇小門，還以爲裡面是儲藏室，打開一看，竟是放有一張床的小房間。而走廊的盡頭則是寬闊的陽台。陽台下方的極遠處可以看見閃著迷濛灰色亮光的海水和海灣。

在那個奇妙陰暗、被棄置的房子裡，我茫茫然不知該如何是好。屋裡子沒有其他人。我完全搞不清楚自己爲什麼會出現在那裡。塵埃、發霉和廢紙等味道麻痺了我的思緒。到處掛著蜘蛛網。我的腳底烏漆嗎黑的。我很想趕緊離開那裡，同時又想知道自己身在何處。我試圖打過電話，但不管我幾次拿起屋子裡那具古老黑色話機的沉重聽筒抵著耳朵，始終聽不到任何聲音。只有冰冷的觸感沁入耳畔。

終於月光悄悄潛入那個斷電、荒廢的屋子裡，夜晚以驚人的速度塞滿了整間屋子。

我蹣跚地爬上二樓，走出陽台眺望黑暗的海洋。城鎮和船隻的燈光就像珍珠般裝飾著海灣。儘管海風吹亂了我的長髮、頭髮遮住了視線，我仍然執意凝視著遠方的燈光。我相信那些有燈光的地方肯定有人生活著。我不禁眷戀地想著：入夜之後，那些人應該都忙完工作趕著回家吧？我覺得自己的心情距離那種氣氛十分遙遠。不單只是外在環境，就各種意義而言，我都覺得和自己認識的人們、成長的城鎮距離遙遠。過去從未體會過的孤獨散發出和月光一樣的味道，籠罩住我的全身。想來大家工作結束，搭乘公車、電車回家時，抬頭仰望的是同一個天空；或者已經抵達家門，煮好的晚餐正在家裡等著。各式各樣的店家正是最熱鬧的時刻。那些期待放鬆心情的人們，在這長夜的開端也舉起酒杯乾下今夜的第一杯……我想那種不論走到世界各處都能看見的尋常風景，只要往港邊的燈火輝煌處靠近就會一再上演。我很驚訝地發現如此激烈的情感居然沉睡在自己心中，我原來如此眷戀那些陌生人們的日常營生。

而在我居住的城鎮，一天之中我最喜歡的時間肯定也會同樣地到來。那是悠閒的午休時間結束，天色開始變暗，阿姨打掃完店門口，掛上門簾的時刻。我則負責整理店裡面、洗刷廚具，興奮地期待著老顧客踏進店門時，自己高喊「歡迎光臨」的那一瞬間。我尤其喜歡店裡亮著燈光，感覺裡面有人等候的瞬間。那是我唯一的家，象徵著溫暖和熱鬧。是可以遇見我想見到的人們的地方。我好想回家。

可是海水只在遠方閃閃發光，無法傳遞那種熱絡的氣氛。我知道自己將永遠無法離開這間孤寂的房子。我並不覺得懊惱，只是想起在店裡度過的美好時光不禁一陣心酸。我死心了，讓身體浸淫在海風的氣味中，然後走進屋裡。走廊上又多了一層彷彿伸手可以觸及的白色月光，以窗戶的造型深深烙印在地板上。我走進小房間。天花板上的儲藏室門板打開了，悠然懸掛在小床上方。從裡面掉落出毛毯和舊雜誌。我隨意將那些東西推開，躺在那張充滿霉味的床鋪上。然後一如不得不那麼做似地閉上了眼睛。

醒來之後，淚水奪眶而出。

我和看著我的高春四目相對。他說：「好嚇人呀，雛菊。剛剛做了什麼夢嗎？」

「一個陌生房子的夢。」我說。

「因爲妳嘴裡一直喊著屍體、屍體的。」

「可是夢中沒有出現屍體呀。」

「那就怪了，明明妳一直說著那句夢話的。」

「可能我做了很多的夢吧。」我說。

怎麼會這樣呢？我心想。我還記得很清楚。那間孤寂房子的影像、遠方的海水顏色、天色漸暗的天空……。那不是大理的夢。會是大理發生什麼事了嗎？我雖然那麼想，卻沒有辦法確認，只有任憑新的一天開始。至少站在那張鐵板前面工作，我會想著自己比往常都要幸運好幾百倍。

在做那個夢之前，在夢中體會到無法回到那裡的心情之前，我一點都不知道自己原來是那麼瘋狂地愛戀著日常的營生。

寄人籬下的生活

夢的餘韻支配著身體，讓我很難回到現實人生。喝著高春爲我沖泡的咖啡，精神依然恍惚。外面是晴朗得嚇人的麗日。

寄居在高春的住處是最近兩個月的事。源起於高春提到「接下來即將是夏天，我的冷氣卻故障了」，結果他答應讓我暫時免費借住。

本來在我找到新住處搬家之前，高春應該不在家才對的。因爲我答應趁著高春出外旅行，必須幫他裝好冷氣、照顧植物和看家。這三項工作就是我免費借住的條件。

他在隔壁鎮的老家是和我們的店有生意往來的食品行，從他開始幫忙後，他們家除了日本優良的食材，也開始進口外國食材，逐漸轉型爲時興的食品行。從前我就知道他的存在，但我們並非青梅竹馬。直到他掌握食品行實權後，我們才認識。兩家店生意往來之際，彼此才有談得來的感覺。當然我們從來沒有單獨見面過，至於爲什麼會變成現在這樣，我也不知道。

他的父親生性風雅，喜歡到日本各地旅行，除非是自己吃過的好吃東西，否則決不放在店裡銷售。喜歡旅行到幾乎很少回家，使得幾年前他的妻子，也就是高春的母親，終於憤而求去。受不了家裡的是是非非，高春也差點離家出走。

我對飲食的興趣還不至於高到願意特地訂購食材，但問題是不用他們家引進的蝦米和山藥，就會影響我們店裡食物的味道。我曾經多次用附近超市買來的東西進行實驗比較，結果就是不行。炒麵也是改用他父親推薦的醬料後才大受歡迎。當然他們的店總是生意興隆，如今姨丈和阿姨甚至視他父親爲顧問，十分信賴他。

原本打算當廚師的高春對世界各國的食物、調味料很有興趣，事實上這一次也是預定到義大利旅行兩、三個月走訪許多店家。可是到了出發前一天，因為和朋友踢足球，腳指頭骨折了，旅行計畫只好延期。

我覺得有些尷尬便說「不用留我住，沒關係的」；他則表示「朋友有困難就應該互相幫助」，還是讓我住下來了。還說「只要等腳傷一好就要出發，妳不必在意的」。他是對我有興趣還是因為冷氣的關係，又或者他真的只是人好呢？我不知道。目前我們共處一室但沒有發生任何事，所以也許是後面兩個原因的其中之一吧，我想。

現在不過是早上八點。和他一起生活比較麻煩的是他起得非常早。好處是可以重新回味過去很少享受的清晨之美。已經有好久沒有品味那種上午陽光的獨特透明感和時間慢慢流動的優閒感。去店裡上班之前，可以在體內慢慢蓄積柔軟溫暖的感覺，靠著這些養分就能平靜地度過一天。從他房間的窗戶可以看見樹木，還能聽見房東打掃庭院的聲音。

姨丈家後面還有樹林的時候，雖然大理不在了，我仍經常跑到林子裡度過早晨。有時會買一個漢堡，坐在林中的長椅上當作早餐享用。林中的長椅總是很髒，上面爬滿了螞蟻、毛毛蟲等蟲類，我卻十分喜歡坐在那裡。重疊茂密的枝葉幾乎將天空都遮蔽了，起風時連穿透枝葉灑落在長椅上的陽光也跟著沙沙作響地搖動。在那裡只有上午的時光是全然安靜的。隨時都有著草木的香氣。儘管讀著書，我還是能感受到外在的世界。小鳥高聲歡唱，愉悅我的耳朵。陽光照在書本上，紙張也發出好聞的味道。這一切都是因爲住在高春那裡才又讓我回想起來。我覺得自己的心靈變得豐富了。和過去下班後度過午夜時光的濃密感覺完全相反，住在這裡讓我再度感受到孕育、包容、伸展等力量。沐浴在清晨的陽光裡，有一種洗淨全身的舒暢。

「不好意思，我不知道該怎麼開口說……」高春說。

「我知道，是房租的事吧？一開始我是想你不在家，就直接幫你繳了。可是你說不用的。」

先下手爲強，可說是寄人籬下的祕訣。先下手後，接著就得隨時表現得謙虛，像影子般不要太醒目。受到對方好處不要過分的多禮，幫對方作事也應該盡可能不露聲色。

「不是的。是我那到羅馬學習做菜的前女友要回國了，她想暫時借住在我這裡。」

瞧他說話的樣子，果然顯得面有難色。

有趣的是，之前對他的人格完全沒有興趣，因爲看他如此難以啓口，好像眞的說出什麼很過分的話的態度，不禁有點喜歡上他了。就因爲我曾經看過他爲了特定業者的水準降低而拒絕往來時的堅決態度，所以我知道這種事在他的人生觀中的確是屬於無法原諒自己的類別。原來每個人的弱點是不一樣的。我這才明白其實他沒有看上我，也不是爲了冷氣的關係，他眞的是一個好人。

「那我搬出去吧，應該的。什麼時候？她什麼時候回國？」

「下個禮拜三。」

「我知道了。在那之前我會搬出去的。放心吧，你不必在意。」

「我忘了說，跟妳在一起我覺得很快樂。」他說。

我做了什麼讓他快樂的事嗎？

我想了一下，應該是沒有。看來我得催促一下說好有房子就會通知我的房屋仲介了。終於該走的時候還是來了，我想。

跟男人在一起，半夜就能穿著睡衣出去買東西，也可以不必自己一個人換電燈泡、組裝書架。我不禁回過頭想：能夠依賴這些事，其實也還不錯。

我是那種完全不懂得未雨綢繆、事先做好準備的人。就算空著肚子，明知道到了半夜肯定會餓，在下班回家路上也不會先買點東西備著。直到肚子餓得睡不著，才會突然披件上衣跑到五分鐘距離的拉麵店去。

我和高春去過三次那間拉麵店。因爲彼此也沒什麼話說，總是默默地走著夜路。而且我們兩人每次都是點醬油拉麵來吃。我因爲是做餐飲的，算是服務業，當我表示這麼晚了不能吃蒜頭時，高春會悶不吭聲地將一大湯匙的生蒜頭加進我的麵裡。我也會趁他不注意時做同樣的事。

每天見到的都是有利害關係的人，雖然充滿緊張感很有趣，但久了還是會有點累。姨丈和阿姨雖是養育我的親人，但畢竟是老闆，只要我稍微顯露疲色，他們就會要我搬回去住，所以我多少還是得陪小心。店裡認識的人，終究都是客人，我總是用敬語跟他們說話。想到這裡，我的人生中稱得上是朋友的人除了大理，還眞找不到其他人了。

話說回來，換做是一般公司的話，高春應該算是生意往來公司的小老闆，按照我平常的習性理應對他更謹愼客氣才對。如果一開始知道要同居，就算是不要錢自己也不會去住高春的房間吧？因爲突發狀況才變成這樣，自己覺得表現得很有分寸，平常也盡可能不太打照面，儘管沒有意思要跟他親近，但是每天相處之際，心情多少還是有些放鬆的關係吧？我嚴以律己的寄人籬下人生就這樣突然鬆懈產生了缺口嗎？

這麼說來，兩人一邊談笑一邊走著夜路回家，當時並不覺得有什麼，事後回想卻覺得很愉快。那樣的日子終於也要結束了。常常總是在分手的時候，才會覺得一路走來盡是美好回憶。回憶總是被一層獨特而溫暖的光暈包圍著。我能夠帶到另一個世界的，不是我的肉體也不是存款，應該就是那些溫暖的回憶吧，我想。能夠擁有數百個那樣的回憶，就算屬於我的世界一一消失也無所謂。能夠串起那些生活在不同地方、各種回憶之光的就只有我自己。那是唯有我才能完成的項鍊。

從前住的地方，有一個同樣年紀但彼此並不太熟、共同分擔房租的室友。她出的錢比我多一點。有一天她提起結婚之後，想要讓她的先生住進那房子，我立刻答應了。比起東西少的我，她的家當眞的很多，光是洗臉台上的東西就已經算是一項財產了。就連廚具架上，我的位置顯得空空蕩蕩，她的位置則是擠得滿滿的。來玩的朋友常常質疑說：碗盤爲什麼要這麼放？爲什麼不把這亂七八糟的一堆移到空的位置呢？偶爾瞄到她的房間，她就像掩埋在雜物中生活一樣。即便搬了家，她的情況也不會改善；雖然不關我的事，光憑想像也讓我不寒而慄。反正我也沒有那麼多的錢租大房間，讓她先生的行李安置在我那空曠的房間也比較好吧。我猜現在那間屋子裡的所有房間應該也都塞滿了東西吧？

雖然說彼此不是很熟，畢竟一起住了三年，多少有些情分，一旦要搬出去還是會覺得難過。離開的前一個晚上，她特別來幫我整理行李。事先將書本、換季的衣物等寄到姨丈家後，我的房間更是空曠的嚇人，她開玩笑說：「房間這麼空蕩蕩的，我會害怕得不敢住。」

一放進籠子裡的天竺鼠，會立刻咬碎報紙在自己身邊築起一道牆。我以爲她的東西那麼多就像是天竺鼠的習性一樣。她說「今後會覺得寂寞」，還煎了我最愛吃的荷包蛋給我吃。我們買了便宜的智利紅酒喝。打開窗戶，感受晚風穿越過空曠的房間。抬頭仰望星空，心想再也無法從這個窗口、這個角度看星星了，大概也不會有機會再跟這個女人見面了。雖然我們彼此連對方內褲的圖案、月經來的日子都很清楚，結果卻還是這樣。感覺眞是很奇妙。因爲她覺得寂寞，使得躺在冰冷地板上輾轉反側的我也覺得心情低落。

對我而言，空曠房間的冰冷地板，就是我私生活的象徵。每當我猛然回過神來，自己總是回到了那裡。不論是走出房間還是踏入新的房間，在那前後之間吵雜混亂的頭腦頓時冷卻時，我會想起：啊，我又回到這裡了。

由於棉被也都打包好了，我只得跟她一起睡在她的雙人床上。她的東西多到快擠到枕畔，我心想都已經是最後了，希望能用不傷感情的方式把話說清楚，於是開口說「萬一發生地震很危險，頭上面最好不要堆放東西」。她露出那一嘴我喜歡的雜亂牙齒說「我知道」，並伸出我喜歡的細瘦臂膀關掉電燈。房間頓時變得很安靜，對面就是我昨天以前用來睡覺的房間。因爲她幽幽地啜泣了起來，我握住了她的手。被趕出去的人明明是我，爲什麼我有種變成不斷在一個又一個港口間遊走的男人的感覺。

去房屋仲介那裡時，裡面的大叔看見我說「妳來的正是時候」。客人突然上門時，他們的說辭通常分爲兩種。不是「來的正是時候」就是「眞不巧，目前沒有適當的房子」。

不過我今天眞的是來對了時候。「四巷角落的公寓，原則上是鋼筋水泥結構，屋齡已經有十五年了。因爲再過兩年就要拆掉重建，房東說房租會算便宜點。全部只有六個房間，幾乎都住滿了房客。是房東之前用來當做辦公室的房間空了出來，雖然格局有些奇怪，反正妳也只是晚上回去睡覺用的吧？要不要去看看呢？」他說。

我覺得心跳得很厲害。遇到有什麼好事之前，我的心跳就會加快。彷彿身體已經提前在爲幾個小時後的事進行彩排似地。我打電話回店裡跟阿姨說明情況，決定立刻就去看房子。

那間公寓很舊，長春藤爬滿了外牆，造型頗具有西方味道。我一眼就看上了那個房間。整間都是木頭地板，許多地方已見斑駁、翻翹。因爲曾經做爲辦公室使用，所以隔間完全打通，成爲空曠的一大間。壁櫥也很寬闊，足足有兩張榻榻米那麼大。廁所和淋浴間只用簾子隔開，廚房就跟玩具一樣地狹窄。窗外可以看見馬路和街燈。

「我決定住這裡了。」我說。

因爲決定得太快，房屋仲介的大叔反而有些慌張地表示：「裡面什麼都沒有，廁所和淋浴間只有簾子擋著，恐怕不方便請朋友來玩吧。」

「我可以擺屏風什麼的，好好設計一番。」我說。

好久沒有一個人住了。想到今後兩年的生活將在這裡從新開始，這才覺得心情變得明快了起來。自從聽到高春說在一起時很快樂，我的心情就一直很低落。

「我找到房子了。」晚上我對回到家的高春宣布。

「是嗎？以後就聽不到雛菊跟我說『你回來了』嗎？」他有些遺憾地表示。「什麼時候搬去住呢？」

「等簽好約立刻就搬進去。在那之前，清潔公司的人會先去打掃。」

「所以在那之前會住在這裡囉？」

「不會。因爲還要搬一些家具，所以我後天會先回姨丈家。」我說。

「要不要我幫妳打包行李？」高春說。

我以爲他的好意可能是因爲借用了我的冷氣機不好意思，於是我說：「冷氣機借你用。新的住處已經附有冷氣了。」

「那倒是隨時都可以還妳。妳搬家應該會用到車吧？」他的人還是那麼地好。

「那就麻煩你了。」我說。適時依賴對方也是寄人籬下的重要工夫之一。

「到時打電話給我，我開店裡的車去。」

「可是……」我一下子說溜了嘴：「這麼一來，我們交往的事不就被大家知道了嗎？」

更糗的是，高春居然不懂得開玩笑回說「我們之間有交往過嗎」，而是選擇沉默不語。我心想這下可糟了，這是不好預兆。以前曾經有過幾次在男人住處發生過尷尬的情況，一旦氣氛變成這樣，通常都不會有好事。

「妳怎麼會存那麼多錢呢？」高春問。

「我哪有存什麼錢……不過就是薪水，因爲是姨丈給的，薪資也不會太高。只是隨時都希望能夠一個人生活，自然就得省著點花。」

「原來是這樣子呀，那妳有沒有喜歡的東西呢？」

「我喜歡煎菜餅和炒麵，還有姨丈的店。」我說。

「所以那是妳的天職囉，原來如此。」他說完便走回自己的房間。

我心想自己的痛處被說中了。

我之所以不斷寄人籬下、借宿在朋友處或是和別人分攤房租同住，是因爲無論如何都不想將姨丈、阿姨當做自己的父母看待。雖然他們是我最愛的親人，我卻不喜歡以那種順理成章的方式成爲他們的養女。我討厭那種想當然耳的解決方式。

而且這十年來我之所以和其他人住，是因爲我的人生，不論是工作還是那些可以稱爲家人的人們，今後應該也不會改變吧？至少可以透過變換居處的方式來認清我自己。我一個人的生活完全是從很想離家和沒有錢開始的。

在學校因爲不像在姨丈店裡每天不認眞工作就會有苦頭吃，也無法學習到發自內心眞正感動的喜悅，所以高中畢業以前，我只是形式上地上學。我的學校就是姨丈的店和認識那些一起住的人們。從認識到住在一起會有許多的過程，而且多半受到偶然的支配，就像遊戲一樣。同時住在一起的人會帶出我不同的面向，我對認識新的自我充滿了興趣。最重要的是，我一直都很寂寞，很想有人在身邊。很想聽見別人發出的聲響。

此外，姨丈和阿姨固然很愛我，但他們有他們自己的想法。未來的事我不知道。萬一將來兩人的想法改變，說不定不會將店面留給我。爲了不造成他們的困擾，我希望找到喜歡的地方開間自己的店。

我覺得這一點高春或多或少是理解的。

無花果的香味

我很討厭梅雨季節的雨。下雨總是會喚起我兩個不好的回憶。一個是媽媽的過世，另一個是車禍之後痛苦的復健過程。

那天媽媽難得來小學接我下課，車禍發生在我們一起回家的車上。當時媽媽和她的妹妹——也就是阿姨和姨丈才剛開始經營煎菜餅店沒多久。我沒有父親。媽媽是未婚媽媽，好像曾經是人家的情婦。聽說我的父親連我的存在都不知道。媽媽和阿姨一起撫養我。

店裡面總是很忙，因爲人手不夠還要照顧我，媽媽總是顯得疲憊，經常睡眠不足。那天母親開車，我坐在後座。

就算再怎麼累，就算偶爾會瘋瘋癲癲顯得過度興奮，但是媽媽絕對不會亂發脾氣。睏的時候她會一邊安撫我睡覺，自己也跟著睡著了。每當我眼睛一睜開，常會看見身邊是媽媽長長的睫毛。也不蓋上被子，裙子掀開露出大腿，睡得很香甜。於是我會叫醒媽媽，媽媽先是不說話地發一陣呆，然後才微微一笑出去工作。包含這些不拘小節的地方，我永遠記得媽媽是很可愛的女性。洗好的衣物總是不摺地堆積成山，媽媽身上隨時都有煎菜餅的味道，點心和晚餐也都是煎菜餅，很糟糕的生活卻也很快樂。就像幸福的夢境一樣，家裡面充滿了新生的活力。每當回憶起那時的生活，我總覺得有股橘色的光團團包圍著媽媽和我住的房間。

我總是在家等候媽媽從店裡打烊回來。我還記得一心等候時肚子餓了，自己偷偷燒熱水泡杯麵的可口滋味。那時期對什麼都印象深刻。回到家的媽媽，儘管已經累得一句話都不想說，一看到我還是會顯得有些高興。我知道她是感受了我小孩子的活力而變得稍有精神。爲了那一瞬間能夠證明自己不是多餘的存在、是有用的、對媽媽是必要的，熬夜等待又算得了什麼呢！

那天車子才一發動，天空便開始下雨。滴滴答答濕冷的雨。我看見飽含梅雨季節濕重空氣的雨滴從天而降。那是個淒清的傍晚。天空、車廂裡逐漸變暗，馬路上也迅速地悄悄化爲一片漆黑。

我永遠都忘了不了那場討厭的雨。無法想像它跟洗清大地、滋潤植物的天賜恩惠是同樣性質的東西。就像是怎麼用力看也看不透的厚重簾幕一樣。雨覆蓋住整座城鎮，一切籠罩在它憂鬱的氣氛之中。

感受到雨水沁入心底的涼意後，我突然覺得很睏。我不知道該如何形容那時候的睏意？就像是被什麼重物一擊，那種遭受重擊的睏意立刻湧現上來。聽著輪胎在水面上滾動的聲音，我睡著了。

媽媽爲了閃躲迎面而來的自行車，猛然撞上了電線桿。那一瞬間，我沒有感受特別的痛楚，只有強烈的衝擊把我從睡眠中、從和平的現實中摔出來。

接下來的景象是在慢動作中進行。我人在車外，雨水打在我的小手心上。

而媽媽則是翻著白眼、口吐鮮血和白沫、不斷發出呻吟地躺在我身邊。

我永遠無法忘記看到那一切時自己的心情和那光景。從那之後，我開始認爲這個世界上任何事物的背後都藏有和那衝擊同樣的要素。再怎麼和平的風景背後，都潛藏著和那事故一樣的脆弱性。我們能以美麗的形體自由自在地笑著，要說其中沒有所謂神的要素存在，我覺得那才眞是不合常理。

我們幾乎可說是靠著很奇蹟的溫柔美好形式生存著，只因爲其中偶發的差錯而怪罪起神，我覺得很愚蠢，畢竟有更多的生命平安無事地在地球上躍動生存呀。

於是在那之後，遇到任何情況我都不會太驚訝了。我所經歷的光景早已遠遠超越了對詫異、心神動搖、驚慌失措等惹人憐愛的反應。我所看到的是在那瞬間之前還是活著的人、還是自己所愛的人，不只是從車子裡面摔出來，而且是從所謂肉體的載體裡被摔出來。我親眼目睹了不管是什麼人、不管有著怎樣一成不變的日常生活，一旦一股巨大的力量襲來，瞬間就會變成那樣。我才知道原來這個世界上存在有人類肉體所難以想像的物理性巨大力量。也認識到明明只是瞬間之前的事情，但時間已經回不去了。

衝擊強烈地令我情何以堪，我不能睜開眼睛繼續面對。

我可以感受到各種聲音、氣味包圍在四周。然後我很驚訝自己全身都溼透了。我還以爲是因爲下雨的關係，其實是血。左邊大腿一帶感覺好燙，尤其不可思議的是，自己似乎正在往血液流出的傷口逐漸溶化。我覺得自己正從頭殼的左側慢慢地流出去。被那股越來越強大的流動力量牽引，感覺已經不太需要原來的肉體似地。就好像漂浮在流動的游泳池裡一樣，有種逆著水流玩耍的快意。在那之前我試圖將身體往媽媽身體所在的位置移動，當我做盡了努力，最後只有順流而下。

當時我的確已經無法張開眼睛，但不知道爲什麼可以感受到有人抬起媽媽的身體向我靠近。媽媽的感覺、細長的臉蛋、白皙的手腳，總之組合成媽媽的所有要素都向我逼近。接著是媽媽身上常有的香水味道，一種柔和的無花果香味飄散過來。混合著雨水潮溼的氣味，依然暗香流動的香味。的確那香味彷彿旋律般地包圍著我，瞬間讓我好像置身於幸福晴朗的日光之中一樣。香味擁抱著我，發揮了撫慰的功能。雖然味道是那麼清淡，卻能排除雨水的干擾，帶給我前所未有的幸福滿盈感覺。

我好想睜開眼睛看著媽媽。甚至很想脫離自身的肉體。當下我以爲那是獲得自由的唯一方法。我害怕媽媽的身體趨於毀壞，我以爲自己也會遭致同樣的命運。

就在這時，一股可怕、如恐龍般的力量——雖然我沒有被恐龍壓過，總之媽媽開始用難以想像到我只能那麼形容的巨大力量將我的頭壓回去。好痛呀！不要！媽媽！好痛呀！我大叫著。但是媽媽的手就是不放鬆，依然使勁地猛壓。我雖然看不見媽媽的形體，卻能感受到她的手的觸感。我很清楚那個全心全意壓著我的頭的人是媽媽。媽媽是那麼地用力，讓我好生難受。我又哭又叫，直到神志昏迷。

當我再度醒來時，已經是住進醫院，臀部的肉移植到大腿的手術也結束了，正在等待傷口的復原。

媽媽則已經過世了。

我心裡很清楚。同時我也相信媽媽用著某著力量將我壓回自己的身體。我不認為一個女人家能夠使出那麼驚人的力量。我甚至覺得那種野蠻的力道幾乎快殺死我了。實際上我的身體和媽媽的身體完全處於無法動彈的狀態，所以在現實情況中不可能發生那種事。可是我從來沒有被人弄得那麼痛過，藉由那種痛處所獲得的情愛感觸，至今仍留在我心中無法抹滅。

之後每當想到不能再看到媽媽，心裡難過時，那雙用力壓著我的手的感觸就會復甦。記憶中，那雙白色的手總是從黑暗中浮現，彷彿不讓我流失任何一滴生命似地發出強烈的光芒。我可以看見媽媽的手指甲剪短得很整齊，上面那顆她一向戴著的石榴石戒指閃閃發亮。那雙手用狂暴的力量將我壓回去，一點也不溫柔，毫不修飾的暴力做法反而讓我清楚明白那不是一場夢。假如沒有那道力量的出現，我想我大概已經死了吧。

事後我聽說媽媽的香水是別人從法國帶給她的禮物，長年以來我找了很久就是遍尋不獲。

最近我偶然走進一家新開的店，看到似曾相識的瓶子拿起來一聞，果然就是那味道。店裡的人說製作該香水的廠牌最近也引進日本了，那是法國自古以來的知名香水廠商。說的時候還用力抓了我的手臂內側一下。相隔二十年，再一次被媽媽的氣息所包圍，我不禁當場淚如雨下。

我將原委說給店員知道，在店員的安慰下，我買了那瓶香水回家。

重生

爲了收拾行李，我暫時又回到了姨丈家住，感覺很不自在。我想肯定比一般離家出走的人回故鄉時更加難受好幾十倍吧。因爲從店裡回到住處，整天都是和相同的人們共處。

起居在小時候住過的房間，感覺很奇怪。不僅雙腳長過那張小單人床，天花板的圖案也跟從前一樣，貼紙亂貼的痕跡依然存在。

早晨一睜開眼睛，總是搞不清楚自己究竟幾歲。

那是我十五歲之前住過的房間。對它我也有著依戀。每當換房子住、每當季節轉變衣服換季時，我都會回到這個小房間。媽媽留給我的遺物全都放在這裡。我決定再過幾年，有了固定的住處後，要將這裡所有的東西都搬過去。因爲我從很小就開始過著寄人籬下的生活，所以才能做到如此。

從前窗外可以看見樹林。濃到幾乎可以噎死人的樹木味道會從窗口飄進來。如今卻只能看見住宅區，以及殘留的枝葉參天高展的幾棵大樹。

窗外有著時間的經過，窗內則是靜止的時間。腦海中，我以著感覺還算不錯的心情眺望著自己的人生。那些跟樹林一樣會改變的東西消失了，我的玩具箱啦、舊雜誌等則是完全沒變。這是我所沒有預想到的。

因爲媽媽的過世帶給我完全不同的人生，年幼的我對於這一點感到十分震驚。至今在我的內心深處依然對這一點感到詫異。我會夢見另一個人生，還在期待著另一個人生，還在扮演著另一個人生。有時我會以爲醒來後可以回到媽媽活著的人生。媽媽的死對我而言是那麼的唐突。沒有任何道理、沒有任何感傷、沒有拒絕的理由，媽媽就那麼地死去了。

想要徹底接受什麼的時候，對於這世界所發生的事情會比平常更加敏感百倍。絕對不可能變得混沌企圖穿越。

手術過後因為疼痛，我一直無法走路。就連現在，遇到下雨天我的腳還是會痛。每當精神受到那種痛處的逼迫時，我會覺得自己完全籠罩在那場車禍的陰影之中。

儘管如此，年幼的我身體還是恢復得比大人快。他們說越是訓練越能盡速恢復跟從前一樣。那時候的我還是個小孩，所以無法說明清楚，我只覺得隨著自己身體趨向復原的過程中，我和媽媽的距離會越來越遠。所謂一步一步回歸生者的世界，意味著埋首於醫院病床上陌生的白枕頭，想著「現在是很特別的時期，所以什麼都不要想」的日子即將結束。同時我又想到繼續這麼下去，媽媽留給我的錢光是用來付醫藥費就差不多耗盡了。姨丈和阿姨不像媽媽是玩真的，開店只是他們退休後的興趣。我知道他們在鄉下有地，經濟上有些餘裕，而在單親家庭成長的我對於金錢是敏感的，於是我變成了一個急性子的小孩。

我用我自己的方法想出了復原之道。不管是量體溫的時候、醫生巡房的時候，還是姨丈、阿姨來看我的時候，我都不停地在睡覺。我是有意識地保持睡眠。除了復建和檢查的時候，我都是在睡覺。儘管醫生認爲是精神上的因素造成，我卻逐漸在恢復當中。我知道只要被深沉的睡眠所擁抱，每一次我從睡眠的手臂中醒來，我的精神氣力就會回復一些。大概是因爲我還是個小孩子的關係吧？我不是因爲傷心憂鬱而沉睡不起，而是眞心地催眠自己，有意識地讓自己在黑暗中休養。

我感到難過的是，隨著身體的皮膚換新、黑色的瘀傷逐漸變淡成淡青色，那一天的車禍場面也確實離我越來越遠。身體無視於心境逐漸恢復健康，果然就像是我的心已逐漸遠離了現場一樣。早晨醒來發現身體的痛楚多少減輕了，心情也會好轉許多。檢查的次數也越來越少。一開始我完全搞不清楚狀況，鎮日昏睡之際被送來送去檢查。一天之中抽那麼多次的血究竟是爲了什麼？不管我怎麼問還是得不到答案。

就算是血肉模糊的樣子也好，我好想觸碰媽媽的身體。就算還要目睹那可怕的場面也好，我好想見媽媽一面。然而一切都已隨波逐流，還有新的生活等著我。雖然我一點都不期待，但如果我還尊重時間的話，我就必須往前走。

在醫院裡，每天都有人死亡與哭泣。因爲是急救醫院的關係，這種情況更加明顯。看著那些人們我驚訝地心想「原來這種事大家早晚都會遇到」。

每個人都說我好可憐。阿姨也只會說「爲什麼妳會遇到這種事，眞可憐」。害我以爲自己很特別，以爲別人的親人都不會死去。所以當我發現眞實的情況後，才會那麼驚愕。曾經是王子的佛陀偷偷來到街上，頭一次看到病患、死人時的心情，我似乎有點能夠理解。我一直都以爲自己很可憐，只有自己的親人過世了。可是住在醫院的時候，每分每秒之中同樣的事也會發生在所有人身上。

一開始我很簡單地覺得死亡來得太早，直到徹底發現每個人都會面臨到死亡之後，卻又不那麼認爲。而且我也知道媽媽已經火化成骨灰，埋葬在我不知道的地方。

出院後我開始住進姨丈家，那裡有一個彷彿我從前就住在那裡似的小房間，我的東西都已搬了進去。他們將媽媽的遺物裝在許多紙箱裡，告訴我將來可以隨我處置，然後放進了儲藏室。我完全無法適應那個說是我的房間的新房間，也無法適應那些說是我自己的洋娃娃和教科書。就像是惡夢一樣。姨丈和阿姨眞的對我很好，但是從那一天起我就一直想要早日離開他們家。那裡不是我的安身之處。我喜歡煎菜餅店。店裡留存著媽媽的記憶。只要有空，我就會去店裡幫忙。我很少窩在家裡。

那個時候生活就像地獄般煎熬。從店裡回家時，胸口總是堆壘著又熱又重的淚團。就像濾過的咖啡一點一滴滴落壺中一樣，我很清楚自己胸口物理性地積滿了淚水。如果不將名爲悲傷的生物濃稠精子，變成淚水釋出體外，它就會佔據體內引人發狂。歌曲、遊戲、食物都無法塡補失去媽媽的事實。只有釋出淚水之後，我的心情才能稍微舒暢，才能一邊抽噎到幾乎快吐地入眠。

我將媽媽細心照料的酒瓶蘭安置在房間的窗台上。有一天，突然發現葉片開始發黃即將乾枯，我不以爲意地取水澆在泥土上。泥土發出了迅速吸收水分的聲音。不知道爲什麼，那是媽媽過世後我情緒最低落的時候。心情晦暗到無法振作，眼淚奪眶而出。我激動地趴在地板上嚎啕大哭。

因爲媽媽白皙的手無法再繼續照顧酒瓶蘭，活著的植物也枯萎了。那一瞬間我才深深體悟到就算我故意忽視媽媽過世的事實，期待著她的歸來，時間依然繼續在走。

隔天早晨，我紅腫著雙眼摘除枯葉。媽媽在世時絕對不會讓它長成如此醜陋模樣的酒瓶蘭，至今仍努力存活陪伴在我身邊。植物沒有感情，就某種意義而言，卻能夠用最溫柔、最大而化之的方式以其生命展示時間的經過。因爲酒瓶蘭的恩惠——它在沒有媽媽的世界裡，依舊悠然存活等待水的滋潤。因爲它堅強的存在，我才逐漸能夠適應那段痛苦的時期。

那時正是我和大理友情的黃金期。

姨丈家後面有一小片樹林，大理家就在樹林的另一頭。我的媽媽和大理的媽媽感情很好。大理她們家，爸爸經常到海外出差，媽媽有一個年紀比她小的男朋友。大理因爲那個人常來找媽媽，似乎很不喜歡待在家裡，所以會跑到我家玩。

媽媽剛過世不久的時候，我很寂寞，動不動就任性地呼喚大理出來。大理不管是在吃飯還是三更半夜，總是立刻趕過來。有一次深夜，我因爲受不了寂寞而輕輕吹起笛子。沒想到還是傳進了大理耳裡，她眞的來了。每一次她都是十萬火急地衝過來，大剌剌地走進我房間。看到我在哭就會罵我，自己會動手打開姨丈家的冰箱拿東西吃，或是跳進我的床裡跟我一起睡。反正開店的時候姨丈和阿姨肯定不在家，不去店裡幫忙的時候我多半和大理在一起。大理的粗枝大葉比起任何的細心呵護、溫柔對待都更能讓我緊張的身心得到舒緩。

大理的怪在學校也很出名。她曾經踢過老師，有時會翹課跑出去玩，甚至一不高興就直接回家。還曾經亂丟書包，事後卻想不起來丟在哪裡。有一次她自己弄錯了，星期天也跑來上學，於是擅自決定星期一補假休息。她本人完全不覺得自己有錯，所以老師也很困擾吧？她的媽媽也無暇管她，因爲她媽媽爲了自己的戀愛、興趣和想要離婚的事已經忙昏了頭。不過我之所以那麼喜歡大理，就是因爲她生性天眞浪漫。

對我來說，大理的教育環境、別人對她的觀感等與我毫不相干。因爲最能安慰我關於媽媽過世以及失去媽媽的寂寞的人，是我一吹起笛子就像小狗般忠實跑來的大理。身心一點一滴恢復健康，逐漸適應新生活的我，只要夜裡一感覺不對，心情難過時，立刻就會想要叫大理出來。我將童軍笛放在枕畔，想到只要吹響它，關心我的好朋友就會在黑暗中跑來，再怎麼難過我都能忍受。

大理來的時候，總是會躺進我的被窩裡，天南地北地跟我聊天、或是學大人自己做東西吃、一起聽深夜的廣播節目、到林子裡玩夜間探險的遊戲、跑到彼此監護人的店裡探索大人的世界。和她一起忙著眼前的事物，自然就能忘記悲傷。

失去大理後我才發現，那段時期眞的是很難得的時期，我再也找不到任何人能像那樣子分享彼此的親密了。

常常想起大理時，我會以爲今後恐怕不會再遇到眼睛那麼漂亮、個性那麼大而化之的人了。在店裡、在學校雖然也有很多人，我也跟許多人成了好朋友，但是能像大理那樣占據我心頭的朋友，一個也沒有。

有一天中午，我和大理坐在林子裡一起吃炒麵。我們鋪上塑膠席子，點燃蚊香和線香，大口吃著阿姨帶回來給我們的午餐賣剩的炒麵。

一如平常的下午時光。

當時大理的媽媽是否已經提起即將再婚和遠赴巴西的事呢？

大理突然開口說：「就算我搬到國外，這一輩子再也沒有機會吃到炒麵，我也不會忘記這味道。只要一聽到炒麵，我就會想起這滋味。」

「爲什麼？」

「因爲很好吃呀。而且最棒的是，如果將來妳繼承了那間店，只要你們的店還在，就算我變成了老太婆，還是能再吃到這永遠不變的味道，就跟我腦海中記住的炒麵滋味一樣。」

「可是我炒的麵，味道就是不太一樣耶。」我說。

我其實早就吃膩了炒麵，所以覺得大理的樣子很有趣。心想她爲什麼可以那麼熱切地談論炒麵？陽光被繁茂的枝葉遮擋，即便是夏天，林子裡還是很涼快。對我而言，明明只是味道一成不變的炒麵，而且還冷掉了、麵條都糊了。低頭吃著炒麵的我決定下次等店裡有空的時候，要假借練習的名義炒一大堆麵請大理吃個夠。風變大了，直向我們裸露的雙腳猛拍。遠方不知是誰的家裡微微傳來音樂的聲音。

「我也記得妳媽媽炒的味道。跟妳阿姨比的話，醬汁的味道比較淡。炒的方式也不一樣。我的舌頭還記得那滋味。」大理說。

她的臉頰閃亮著李子般的光澤，嘴裡拚命咀嚼著。

我好希望那樣的日子能夠永遠持續下去，永遠不會有我對炒麵的感覺一樣，也有吃膩的一天。我也希望兩人可以一直生活在這個城市，就算變成了歐巴桑，彼此都生兒育女了，還是能跟現在一樣繼續交往。或許大理的個性比我更成熟一點吧？

因爲手續都已辦妥隨時都能搬家，我決定先去看看未來兩年即將成爲我的城堡的房間。只帶著媽媽留給我的酒瓶蘭和那台舊的手提收錄音機。

屋內西曬強烈，想來夏天會很熱。雖然還沒有跟電力公司簽約，我還是忍不住打開了空調。污濁的冷空氣在屋裡環繞。地板上的塵埃閃閃發亮。我打開了音樂。音質雖然很差，卻能感受到音樂逐漸塡滿空無一物的房間和我的身體。那種第一次啓動的音樂逐漸塡滿家徒四壁的空間的瞬間，聲音聽起來特別大聲。那是一種音質再好的音響也發不出來的獨特聲音，直逼胸口而來。

不管是多麼難過的搬家之後，還是多麼地缺錢，當這瞬間一到來，就能令人忘記一切。空氣不一樣了，音樂在我的眼中開始有了新生命，並轉變成爲影像。於是我又覺得自己的細胞也跟著重生換新。

照片

再過幾天，梅雨季節就會結束。空氣逐漸開始散發夏天的味道。植物利用梅雨期間獲得水分，生命力旺盛地直往天空伸展。

天氣一放晴，柏油路面上便浮現煙靄，即便在店門口灑水也是馬上就被曬乾。

我喜歡夏天晚上的店裡。鐵板燒得火燙難耐，冷氣開到最大，我不停地翻炒。客人們也拚命猛吃、大口喝著啤酒。一向感覺平靜冷淡的東京人，只有在夏天才會稍微增添活力。我喜歡看到那種景象。店門口總是開放著，感覺店裡的活力不斷將夜晚的空氣推擠出去。我喜歡想像著：路上行人從外面看進來時心裡會說「好個歡樂的店呀」。不管再怎麼回味那種興奮高漲的氣氛，都不會讓我生膩。

搬家那一天是個晴朗的早晨，高春開著一輛寫有大大的店名、樣子很拙的車來接我。我趕緊將行李搬上車。在姨丈一如爸爸般跟高春吃醋的眼光目送下，我又離開了姨丈家。

東西一放進去後，房間立刻就變得很無趣，彷彿褪了色一般。我甚至想把房間搬空，將所有的東西再載回姨丈家。可是沒有杯子就不能喝茶，沒有毛巾就不能洗澡，人要生活就必須用到許多東西。

高春看到媽媽留下來的舊唱機，立刻放了一張唱片來聽。吵雜的音樂流瀉出來，氣氛跟CD截然不同。讓我覺得和媽媽一起生活的日子似乎又回來了。媽媽也是一到新的住處，首先會做的事就是播放唱片來聽。

一時之間找不到茶壺，只好用鍋子燒熱水泡茶。

「得買個冰箱才行。」我說。

「我店裡的給妳，反正要換新的了。」高春說。

「不要啦，那不是很巨大嗎？太傷電費了。」

「才不是呢，那是用來解凍的小冰箱。比普通的還要小一點。」

「那就給我吧。」我說。

然後我們沉默了一下，各自品味著新住處的空氣。前不久我們才住在一起，想到今後沒有繼續在一起的理由，不免有些難過。這種情況下的尷尬、感傷，讓我們兩人都無言以對。只有音樂如同照進房間裡的陽光一樣，清新甜美地流動著。

世事多變化。大概他永遠不再有機會嫌我邊看電視邊笑太吵了吧！也不再因爲受不了我鼻塞打鼾，而越過屏風將我的頭轉往另一邊吧！

住在新房間的第一個晚上，我發現街燈比我想像的要亮，房間也因月光的照射顯得太亮，窗外車聲也比想像的要吵。

只有習慣這一切我才能適應這個房間。

我點燃蠟燭，製造氣氛，將收音機轉到古典音樂的頻道，躺進還來不及曝曬、皺成一團的被窩裡。我的背好痛。

酒瓶蘭的影子因爲燭火在天花板上晃動。細長葉片一如人的長髮，纖細地伸展。

搬家的興奮漸次冷卻，隨著身體的疲勞而進入夢鄉。結果我又做了那個夢，那個我不想夢見的惡夢。

我站在那個蓋在懸崖半山腰的房子裡。

發了瘋似的月光就跟上次一樣，很暴力地充塞在整個屋裡。

我想看海於是走出陽台，可是海水太遠了，港口的燈光成串連結，鮮明地映照在海面上。人爲的營生離我很遠，我心想「該死心了，離去吧」。可是去哪呢？我不知道。只有比我如死灰般的心情還平靜的波浪緩緩湧上。因爲時間已經回不去了，所以我才想要繼續走下去。

這時我唯一想到的是手臂的疼痛。姨丈、阿姨和我，大概媽媽也是一樣，因爲整天煎菜餅、炒麵，手臂總是會痛。就算貼了藥布、做過針灸，還是很痛。夢境中手臂卻完全不痛了。平常總是微微作疼，有時則是痛得好想把手臂砍斷。

儘管如此，我還是喜歡炒麵這工作，對於煎菜餅需要來回翻面一點也不覺得厭倦，樂此不疲。只有在客人點菜時，心裡會想「唉，好煩喲」，但一看到眼前的食材，身體又會快樂地活動起來。我很喜歡那種感覺。我也很喜歡店打烊後，關上電燈走出門口時，聞著風的味道、抬頭仰望星空、身上的汗水被吹涼時那種好像廟會過後的心情。從來沒有客人不上門的日子。總是有人指著店門口布簾裡的燈光，踩著夜路一逕走來。想到自己也身在其中就很高興。看著那些探頭探腦、帶著高興神情走進店裡的人們，在用餐之際表情逐漸改變也很好玩。不管他們是一副想要吵架的樣子，還是悶不吭聲、或者表情扭曲，都會變回他們本來的面貌。討厭的人會變得更討厭、厚臉皮的人會變得更厚臉皮，而一開始面無表情的人們在店裡面一陣子後，也會逐漸顯現出自己內在的樣子。我喜歡隔著油煙觀察他們。心想「這樣的人生倒也不錯」。雖然每天的工作千篇一律，我卻不會感到無聊。

走進擺有床鋪的小房間裡。

這一次床上鋪著純白的床單，整理得很乾淨。

我覺得睏了，於是躺在床上。

突然間，天花板上原本關著的儲藏室門板向下打開，有東西從裡面掉落下來。我嚇得跳了起來，甚至驚醒回到現實的世界來。

猛一坐起，發現自己身在新的房間。同時我的眼角也瞥見了那個在夢中掉落的東西是什麼。原來是照片。我不知道是些什麼照片，只知道有一疊褪色的照片掉落下來。

回到現實人生中，我還是心跳得很厲害。在黑暗中調整呼吸，感受著已經熄滅的蠟燭散發出煙灰的香甜氣味。我決定暫時還是不要繼續睡吧，我已經不想再回到那個夢中。

下雨

那一天沉重的就像是梅雨又回來了。今天也是一早起來就像要下雨的樣子。昨夜的夢像是解不開的謎題一樣壓得我心頭好重。夢境中，很明顯的我死意已絕。在那個房子裡。白色的床單、圍繞著我的寂寞、眷戀人生許多側面的心情，都足以代表我的死意。然後是那些照片的飄落。照片究竟代表了什麼意義呢？

我確實相信，大理肯定已經死了。我很清楚自己想的事情很無稽，但我仍然堅信。我認爲大理已經不存在於這個天空下。

晚上，在到店裡上班之前我先繞去書店逛。突然發現面對外面的窗玻璃上一下子布滿了水滴，不禁驚訝地看著外面。地面上是溼的，跟往常一樣，我的心情立刻變得很糟。腳上的舊傷也隱隱作痛。接下來看到西方天空的微明處發出強烈的閃電，過了一會兒便聽見轟隆隆的雷聲。我心想等雷雨小一點再走吧，一邊看著不斷出現的閃電在天空畫著奇妙的圖案，一邊站著翻閱書本。天色越來越暗了，雨水感覺好像很冰冷。路上行人都低著頭快步移動，我的心情也越來越沉重。結果離開書店時，我的手上有兩大包重得要命的超市塑膠袋，裝了十本的書和雜誌，唯一能夠保護我的就只有那把不太可靠的透明傘，我甚至還穿著涼鞋。換做是平常，這種狀況我根本一點也不在乎。我其實完全不想受到影響，偏偏這季節雨用強烈的力量不斷地將我的心往下拉。

我決定搭計程車。坐電車雖然只有一站，但是從車站走到店裡很遠，太花時間了。來到車站前的大馬路上，或許是時間不上不下吧，計程車招呼站裡看不見半輛車。當時我的雙腳早已經淋溼了，溼答答的襪子在涼鞋裡，感覺又冷又不舒服。為了不讓雨傘的水滴到手上拿的東西，撐傘也成了辛苦的事。迎面而來的計程車裡都坐了人。黑暗的馬路上因為越來越多的積水而閃閃發光，路面上冷冷地映照出號誌的燈光。

過了十分鐘，我的手麻了，心情也顯得浮躁，卻一點也不想移動身子。因爲只要稍微一動，襪子和涼鞋之間就會進水，發出唧唧聲響。我所保護的那些書本也會被水滴淋溼開始起皺。我好想打赤腳衝進雨裡。我實在管不了那麼多了，乾脆把傘收起來丟到一邊，用力抓緊裝著書本的塑膠袋封口抱在懷裡。頭髮、臉、身體溼得一塌糊塗，好像是在游泳一般。一旦習慣之後，不舒服的感覺反而沒有了。

就在那個時候，我看著雨水拍打下黑色泛光的柏油路，不知道爲什麼，一種新的感受取代了慣有的憂鬱。

自己是否幸運、有沒有家人、多大年紀、來自何處、爲什麼會在這裡？這些問題似乎已經跟我毫無關係，我不知道該如何形容當時的感覺，像是一種既快活又像是寂寞、愉快的心情，總之有股強烈的活力湧上心頭。我想大概是因爲改變住處的關係吧。也可能是因爲想到大理或許已經死了，那種曾經讓我緊繃的重要東西也跟著放鬆了吧。

但原因不僅如此，而是某種來自很絕對性的感覺。那是在我出生之前就有，在我死亡之後也可能存在的確切感覺。感覺自己不是什麼人，總有一天會消失……現在不過只是在那之前的時間而已。感覺就像水滴流過身體，然後滴落地面消失一樣。

終於在雨溼的馬路風光另一頭，遠遠地亮起溫暖的燈光，彷彿在漆黑的山路中好不容易發現一處民家的燈火，我看見一輛空車開了過來。搭上那輛車趕往店裡，懷抱著不可思議的明快心情。

一到店裡，阿姨看見淋成落湯雞的我嚇了一跳，趕緊拿乾毛巾給我。上面有著阿姨的香水味。我一擦拭脖子，便混合上我的香水味，成爲一種感覺清朗的香味。其中還夾雜著新鮮的雨水味道。

「有妳的信，我拿過來了。就放在那裡。」阿姨一邊準備材料一邊跟我說。

「好，我知道了。」

我去拿圍裙的同時，在後面的房間看到了寄給我的包裹。是來自巴西的航空郵件，大理的媽媽寄給我的。打開一看，裝有一個破爛的紙袋，紙袋裡是許多的照片。

那是解開謎底的瞬間。

打開紙袋時，奇妙的是我那剛好被雨水沖刷乾淨、變得敏感的鼻子聞到了大理的味道。我聞到大理那種像是小狗，也像是陽光一樣的味道。一時之間，和大理相擁而眠的觸感油然升起。入夜吹起晚風的聲音、星空閃爍的樣子、床罩的圖案等都歷歷在目。

每張照片上都有大理的身影。有的照片破爛陳舊泛黃褪色，也有最近才拍的。有大理小時候上學的畫面、和新爸爸一起騎馬的大理、站在國外的街頭、在海邊撿拾貝殼、小心翼翼抱著剛出生的弟弟高興的樣子、張著嘴巴開心大笑的樣子。大理好像最近也到她媽媽的店裡幫忙了，黝黑細長的四肢上套著女服務生的制服。

這些肯定就是那時從天花板上掉下來的照片，我想。那個夢是否是大理傳遞給我的最後訊息呢？

照片之外，還有大理媽媽寫的信。

「大理死的很離奇。還好是發生在巴西，換作是日本，大概會引起譁然騷動吧！」大理的媽媽如此寫著。她和再婚的丈夫一起在巴西開了家日本料理店，因爲有許多日本客人，常有機會說日文。因此大理的日文沒有荒廢。「只是她嘴裡常說的死、死去等字眼不像是日本人會說的話。」我直覺認爲大理那種說話的氣氛，跟失去媽媽的我的心情十分吻合。

「常常我一提到妳沒看過自己的爸爸、媽媽又因車禍過世，大理就會說『妳一定很不好受』，臉上浮現『死很少見的，尤其又是因爲意外事故』的表情。」可是就算遭遇事故的確很少見，但死亡並不稀奇的。大理的媽媽提到「死亡」時，雖然有時差，卻很明顯地暗示出最後大家都死去的事實，反倒溫暖了我的心。或許是受到南美洲生活的影響吧。

「那孩子也許事先已經有所感應也說不定。那次旅行出發之前，眞的是很急，突然說出不知道雛菊是不是過得很好？她來店裡做了炒麵，卻說就是作不出那種味道。然後拿出這個包裹對我說，要我找出雛菊的地址。她想要寄給妳。可是因爲我店裡很忙，就一直擱在那裡忘了。後來大理就那麼過世了。那孩子沒有什麼朋友。如果妳不嫌棄的話，這些照片就請收下……。」

接下來的信文中具體地寫著大裡的死亡經過。大理今年暑假先帶著弟弟到山上的別墅度假。那是大理的繼父存錢新買的別墅。一棟蓋在半山腰，開車很快就能到達海邊的房子。裡面已經有現成的家具和暖爐。全家人打算今年暑假在那裡過。

由於前任屋主任憑房子荒廢賣出，大理和媽媽花了半年的時間來來回回地打掃整理、添購新餐具、寢具，準備今年夏天使用。

我所夢見的應該就是那棟房子被荒廢棄置時的景象吧？

大理和弟弟手牽手走在山路時，一不小心讓汽車給輕輕一撞。因爲對方緊急煞車，所以眞的只是稍微碰撞的程度。大理整個人跌坐在地上，頭部撞到了路燈的柱子。

對方確認過大理平安無事後就開車離去了。

大理和弟弟回到別墅，兩人吃著大理做的炒麵。飯後大理說她有點頭痛想躺一下，便走上了二樓。結果一直到了晚上、到了半夜，她都沒有起床。弟弟去看她時，才發現大理已經死在小客房裡的床上，於是哭著打電話回家……。

我知道那棟房子。

大理死前肯定也眺望過那灰色的海水吧？

她是躺在那張床上的嗎？是否感受到彈簧床硬邦邦的感覺？

那個時候大理的肚子裡裝滿了炒麵，是她人生最後所吃下的炒麵。

她常常這麼說。每當她吃著炒麵時，都會說「就算是世界末日，只要有這個吃也無所謂」，堅定的手指捧著我家店裡的白色盤子。我太了解大理了，她一定是頭痛得很難受，以爲吃了炒麵就沒事，所以才硬撐著炒麵來吃的吧？

只有那天晚上我打從心裡覺得看到炒麵就難過，但還是裝作若無其事地繼續工作、繼續幫客人炒麵。那是我有生以來第一次那樣。

因爲衝擊太大而精神恍惚，好幾次燙傷自己，好不容易才度過那個晚上。收拾店面時，我試著告訴晚來的姨丈這消息：「姨丈，聽說大理死了。」

「怎麼會這樣？」姨丈也表現出驚訝的樣子。

「好像是出了車禍。」我說。

「我還記得她媽媽。長得很漂亮，具有野性美。在車站前開小酒館，以前常麻煩人家照顧妳。那孩子也常上我們家吧？」

「沒錯。」

我說明了大理的死亡經過。

「那倒是不太尋常，死得很突然，不過我又好像可以理解。在姨丈的印象中，她們是一對奇妙的母女。」

姨丈固然只是一邊看電視一邊隨便敷衍我兩句，但他說的話卻很實在。大理她們家的確缺乏生活感。儘管出現了離婚、搬家等字眼，感覺上還是缺少了現實的況味。

「妳其實住在家裡就好了，何必跟我們客氣呢？」姨丈說。

「我不喜歡職場和住家在同一個地方嘛。那樣工作的緊張感也會跟著減少。」我說。

「既然妳這麼說，那妳可千萬不能被其他店給挖走了喲！」

「只要學習，每個人都做得來啦，煎菜餅、炒麵這種工作。」我笑說。

想到姨丈居然會擔心這種事，不禁覺得他很可愛。

「不行，妳可是我們店裡的炒麵西施呀！」姨丈說。

比任何人都早出師的姨丈，手心都被烤黑了，滿是皺紋。我也希望自己能有那樣的一雙手。其實我心裡很明白，這種東西不是任何人都做得來的。從小我可是看著那雙炒得又快、又漂亮、又好吃的手長大的。

「不會有人來挖我走的，因爲只有姨丈一個人覺得我是炒麵西施呀。」笑著說完後，我起身離去。

結束店裡的工作回到住處，伸手一探我藏鑰匙的地方，發現位置有點不太一樣了。因爲我常常會將鑰匙留在店裡忘記帶回家，所以習慣將鑰匙藏在門口。心想以後不能再這麼做了。

擔心有沒有東西被偷，緊張兮兮地走進屋裡，感覺沒有什麼異常。打開電燈一看，有樣新東西在房間裡。原來是高春送冰箱過來了，而且還插上了電。於是我趕緊打開來看，裡面有高春店裡賣的食物——冷凍千層麵、醃漬鮭魚、海苔醬、醃烏賊……等東西塞滿了冰箱。

「啊——啊！」我鬆了一口氣，將裝有大理的照片放在地板上。

這下子房間裡多了兩樣新東西，我心中的悲痛和喜悅也增加了。

雨水淅瀝瀝地不停下著，靜靜地將全世界都給淋溼了。

我心中想著。大理的死並不可悲。那種死法既不孤獨也不令人哀憐。也許有些不明不白，但大家不也都一樣，所以也一點都不特別。小時候我常常感冒發高燒一個人整天躺在家裡，但我心裡一點也不覺得悲傷和孤獨。因爲那和沒有人愛是兩回事。這種時候班上有很多同學會有父母親在一旁守護，可我既不羨慕他們，也不認爲他們特別幸福。同樣地，每個人一旦大限時候到來，不管是流膿流汁、身上插管，還是發出奇怪的聲音，身體都是要走向終點。大理只是來的時候早一點罷了。就算身旁沒有任何人，儘管來得突然令人驚訝，大限一到身體自然能明白。

然而想到大理在最後在那寂清的月光中，是否也曾惦記著我，心中還是有些難過。就好像戀愛時因爲小小的差池而錯失對方一樣，淅瀝瀝的雨聲更揪緊了我的胸口。彷彿悔恨似地，那棟房子的靜謐、月光和海水的味道又在我的腦海中浮現。

雨水繼續沖刷著柏油路面。我也像被雨水淋溼一樣，和那些照片一起躺在地板上。

脖子的故事

至少算是一種祈福，我將大理最近拍的照片貼在牆上供養。
那是大理身穿店裡的圍裙，和客人談笑的照片。
照片中的眼睛、眉毛是我所知道的大理的樣子。其他部分則都長大成熟了，浸淫在南美陽光下成長的身體，有著巴西人亮麗的黝黑。我一方面對於大理臨死之前還能大口吃著炒麵十分感嘆，翻閱她給我的照片後卻又頗能理解她的行動。每一張照片都隱含著刺眼的強烈光線、厚重繁盛到令人無法喘息的雨林色彩、夜晚稠濃的漆黑。大理成長的地方躍動著大自然的狂野本色。肯定生活在其中的人們因爲無法訴說心中的傷痛與悲哀，於是用同一張嘴吃著炒麵、談論死亡的話題吧。
一想起和自己同樣擁有花的名字、長大後做著相同工作的大理，我的心頭又開始作痛。晚上一打開電燈，迎面而來的是大理的笑臉。如果我們長大一點才相遇，或是我們沒有離的這麼遠的話，也許可以一起開店吧。還來不及確認彼此的境遇，就以死別結束的兩人。

我覺得有一半的自己已在知不覺間消失了。

是什麼樣的因果讓兩個命運相似的孩童分別住在地球的兩端呢？而且在死之前，還能繼續做夢交流？這不是想要就有，或是求得來的。而是在不可預知的特殊作用力下，偶然致成的。於是我覺得當有一天我快死時，肯定也能超越時空和大理交流。也許那是一種沒有說出口的約定吧，在那個時候，在兩個年幼的少女靈魂之間。

「謝謝你的冰箱。」因為蝦米的存量不足前去訂貨時，順便跟高春道謝。「還有冰箱裡的東西也謝謝。」

高春說：「不好意思像個小偷一樣的進去。我擔心都是些生鮮的東西，反而給妳添麻煩了。」

由於在傍晚之前彼此都有空，就和高春一起到附近的小咖啡廳用稍嫌過晚的午餐。

「這裡的鮪魚很好吃。」點了鮪魚三明治後，我如此說明。

「是我們店裡進的貨。」高春說。

「看來這整條街都被你們的店給支配了。」我說。

「哪裡，還差得遠呢。」高春一笑也不笑地回答。

他還當眞呀，我有些愕然，但沒有說出口。

下午，兩人之間也沒有太多的話聊，分外給人時間的流動幾乎是停滯的感覺。平常能夠從萬般瑣事中逃離的就只有這段時間了。

因爲晚上還得回店裡上班，不能跑太遠。有一種被綁住的壓迫感。加上身體還留有忙完午餐時間的疲倦，懶洋洋地不想動。除非是天空晴朗，我會去公園看看小鳥什麼的；陰天的話就哪兒也不想去。我常想，繼續像這樣子喘不過氣來，我會窒息的。自己何苦要把時間過得這麼痛苦呢？就好像一直盯著沙漏裡的沙子滑落一樣。再這麼不斷地重複下去，人生將只是沒有色彩地過著同樣的日子。反正我只是去到店裡，身體疲倦地不停煎、炒、煎、炒，然後再回去睡覺而已……。

可是一到傍晚，隨著天空變爲深藍色，我的眼睛會突然一亮，驚覺「啊！我在這裡。」彷彿在那之前自己是身處於惡夢之中。原本該是色彩斑斕的我的人生，看起來卻像是沉入深海，每天被單調海流沖洗的船隻遺骸一樣。緊抓著媽媽留下的夢想，每天只知道重複做著同樣的事。

不過那種突然驚醒的感覺，卻是每次都值得回味的。不管重複幾次，每天回味也不會生膩。雖然明明知道心情也不會因此變好，但隨著夜色降臨的黑暗力量卻能將平日的憂悶給撥散掉。彷彿一天就從名爲夜晚的劇碼開啓了新的舞台序幕。

我想起了高春曾經說過聽見我在夢中不斷喊出「屍體」的字眼。於是我告訴他關於夢境和大理的事。

「妳認爲那是不幸的死嗎？」高春不用「奇妙」、「悲哀」、「可憐」等用詞，而是如此問我。

「多少吧。因爲死得太不明不白了……」我回答。

「也因爲我們彼此念著對方，卻不能相見的關係吧。」我說。

高春沉默了一下子後，突然開口說：「我有一個朋友，脖子是他的罩門。」

很難得聽到高春說出一個完整故事。他並非沉默寡言的人，只是說的話都不長。從他嘴裡聽到最長的故事，就是上次那些冰箱裡的食材的食用期限和烹調法說明。

「自從他小學時從樓梯上摔下來，脖子的骨頭摔出問題以來，脖子就經常遇到狀況。幾乎是每兩年會發生一次吧。不是被鞭子抽到，就是跌倒了脖子卡在別人家的欄杆裡。有一次是脖子長了怪東西得開刀切除，有一次是被狗咬到頸背。還有一次圍著圍巾在路上走，居然纏到汽車被勒住了。朋友們都笑他命大不會死，給他取個外號叫做被詛咒的脖子。」

「你亂說！明明從中間開始都不是意外事故。而且跟脖子骨頭一點關係都沒有！」

「我是說眞的。結果他去年終於死了。」

「他的死跟脖子有關係嗎？」

「沒錯。他去親戚家玩，一個人跑去釣魚，在海邊失足跌倒。從堤防上掉下來，脖子的骨頭摔斷了。葬禮上，大家見了面都一臉嚴肅地說果然又是脖子。不好意思，我們還偷笑了一下。」

「雖然你是編來哄我的，可惜一點都沒有達到安慰我的目的。」我說。

「可是我在那兩次脖子的意外事故之間和那傢伙見過許多次面，儘管心裡明白他有一天可能會因脖子出事而死，那就是他的命運，但每多見一次面就會有許多値得高興的事。我們大家不也是一樣嗎？就算不是脖子，也可能是心臟的毛病、愛滋病或自殺等原因而死去。每見一次面，就會產生一次的回憶或者說是空間吧。相對地彼此都活著的空間，但不見面就等於不存在於這個世界中，兩者都是我們人類彼此無中生有的。和建水壩、製造機器人沒什麼兩樣，都是人類從一片空白中所創造的世界吧！所謂上天或是命運，或許透過脖子的意外事故將他從我們身邊奪去了，但卻永遠奪不走我們在一起過的歡樂時光。所以我認爲是我們獲勝了。這種事也許不該說是勝負。此外，他的命運說是悲哀也眞是悲哀，但我們能在他的葬禮上笑出來，我覺得倒也不壞。就算知道因爲命運那麼沉重，可能會因爲脖子出事而過世，但也不確定一定會死。最後雖然還是因爲脖子斷了而死，但我們也不會想說既然如此，而希望他早死至少可以少受點痛苦比較好。」

「你說這些跟我的情形關聯得上嗎？」

「多少有一點吧。」

「是嗎？」

「大概是因爲妳可以做出連做夢都夢得到的回憶吧。」

「也許吧。」

「我覺得那比生或死都還要值得尊重。因爲不是說活著就好，也不是死了就很悲慘，不是嗎？而兩人之間可以創造出作爲終生心靈支柱的回憶，那可不是只要活著就能辦得到的呀。」

「我想你說的對。但不管怎麼說我已經見不到她了……。那你剛才說的是編出來的故事嗎？」

「都跟妳說不是了。妳還眞是疑心病很重。等我一下。」說完高春帶著手機出去，不知打給了誰。

「……幫我證明一下嘛，關於阿彥的意外事故，沒錯，就是關於脖子的那件事。拜託囉。」

說完後，將手機遞給了我。電話那頭是一個我完全不認識的男人。

「是眞的。我們共同的友人，因爲脖子斷了而過世。因爲他老是發生類似的意外事故，好像也去做過消災解厄的儀式，但還是沒用。」對方說明。

我點點頭切斷了電話。

「我相信你了。」說完後又補充：「高春你肯定會成爲好老闆。」

「是嗎？」

他一臉認眞顯出很難爲情的樣子。我覺得有些尷尬，於是想改變話題。

「你跟你女朋友怎麼樣了？」我問。

「太天造地設了，彼此一點都不感興趣。」高春說。

「嗄，什麼意思？」

「因爲對方在羅馬學做菜回來，我現在正在研究義大利的食材，任何人看我們，都會覺得結婚之後繼承家業是再適合不過的條件了，不是嗎？沒想到我們彼此也抱著那樣的心態見了面，但不論如何心中就是浮現不出那樣的遠景，彼此也談不來。而且對方住在羅馬的時候好像也玩得很凶，應該另有對象吧。」

「噢……看來歲月是會改變人的想法的。我吃不下三明治了，幫我吃一個吧。」我說。其實內心有些高興，但試著不讓自己喜形於色。我將來希望能經營自己的煎菜餅店，所以完全不覬覦食品行的老闆娘寶座。但未來的事情誰知道。我今天也還是會到店裡，汗流浹背地拚命工作吧。就算大理死了，那樣的日子還是會長此以往。

「妳沒有灑鹽吧？」

「沒有。」

「那我吃一個吧。」

「基本上你的結婚需求呢，屬於安定保守型。身爲一個年輕人，未免也太奇怪了吧！」

「我才沒有那種打算，反而是對方說爲了將來幫忙店裡的工作，所以才出國留學的。」

「肯定是對方太想去義大利了才那麼說，你還眞是豬頭！」

「是這樣子嗎？」

「是呀。都是因爲你說的故事，感覺我的脖子也痛了起來。」

「我也是一想起那傢伙，總會覺得脖子開始涼了起來，很想拿個什麼東西圍住。不管是毛巾也好，還是圍巾。」

如果我跟他交往，又分手了，那麼這個故事將會在兩人的歷史中刻上「脖子男」的標題吧？兩人從無到有創造出來的空間裡，那個脖子男和大理的存在地位是一樣的。甚至還有媽媽、樹林、煎菜餅、炒麵、童軍笛聲和那懸崖上的房子。人生不就是如此天馬行空的幻想嗎？還是說，即便是我的全部人生，也可能不過只是發生在那個人兩次脖子意外事故之間的一段美麗過場。

天空漸漸變成了紅色。馬上就要入夜了，我也該醒來了。看著一道道的光線從雲朵的縫隙透出來照亮其他雲朵。夕陽的金光逐漸塡滿了整個世界。雨溼的人行道上閃閃發出亮光，吸飽了水分的樹木，欣欣向榮的鮮豔綠意盎然欲滴。

我寫了回信給大理的媽媽，並附上了我最近拍的一張照片。那是來店裡的客人幫我拍的照片。

照片後面寫上「如朋友般，我們走過相似的人生」。

一個夏天的午後，我到郊外掃墓祭拜媽媽。其實掃墓的動作很快就結束了，因爲還有時間就到無人的樹林裡散步，好久沒有來到樹林了。走進鬱鬱蒼蒼的樹林時，突然間從前在林子裡的感覺又回來了。樹林比我印象中的要雜亂，有許多蟲子穿梭，地面潮溼，夾雜著濃郁的青草味，因爲有石頭，我得隨時低著頭走路。但偶爾還是會抬起頭，透過枝葉的空隙仰望微藍的天空。陽光照射在咖啡色的地面上形成金色的線條。

「這麼說起來的話，就應該這樣……」我自言自語，一邊伸展疼痛的手臂一邊深呼吸。沒錯，走在林子裡的時候我總是看著腳下，注意不要踩到蟲子。有時還會發現四腳蛇、蚯蚓、臭金龜、小青蛙和螞蟻。我的小腳、大理的小腳、小孩子身上的汗水味、踩踏在青草枯葉上的觸感。奔跑在泥土地上的心情。陽光灑在臉上時大理的表情。這一切都因為樹林所擁有的神妙力量，歷歷在目地讓我回想起來了。我終於流下了為大理而哭的眼淚，只有一顆的眼淚。

名為我的箱子裡塞滿了我所能想像的一切事物。

就算沒有給任何人看、沒有對任何人說，就算是我死了，至少還能留下那箱子存在過的事實吧？箱子靜靜地飄浮在宇宙之中，箱蓋上會寫著「雛菊的人生」吧？

後記

小時候，我眞的和隔壁的貴美子用童軍笛彼此傳喚。吹奏的曲子是〈起錨進行曲〉（Anchors Aweigh）。只要我一在窗邊吹奏起這首曲子，貴美子就會從樹叢對面的窗子裡探出頭來。那種幸福的光景，至今仍深深映在我的眼簾裡。

這本小說在我的作品中算是比較特殊的，我想是因爲拜插畫所賜。寫作這本書時，我很強烈地意識到奈良美智先生的畫風。甚至可說是我和奈良先生共同寫出了這本小說。在此十分謝謝奈良先生的大力協助。

中島英樹先生的裝幀設計總是將我的作品提升至更高的境界。我很尊敬他，也覺得很榮幸。謝謝中島先生。

同時這本小說如果沒有他的鼓勵應該是無法成型的。謹將這本《雛菊的人生》獻給 Rockin'on 出版社的佐藤健先生。

吉本芭娜娜

後記

拿到芭娜娜小姐的文稿後，我嘗試著將其中許多的畫面、影像畫成圖畫。我不知道究竟有多貼近芭娜娜小姐心中的印象，只能說浮現在我腦海中的圖像是完全忠實的。對我而言，這是第一次以合作方式呈現的作品，我還記得自己趕著將剛畫好的插畫以電子郵件或傳眞機傳送給她的情景。然後再由中島先生編排成印刷品，留存在世界上。

這本書的封面印刷著《雛菊的人生》的標題，我在心中則是稱之爲《雛菊和我的人生》。

謝謝妳，芭娜娜小姐。

謹將這些插畫獻給生活在這個世界上的許多雛菊和大理們。

二〇〇〇年八月十九日於多摩川放煙火的夜晚　奈良美智

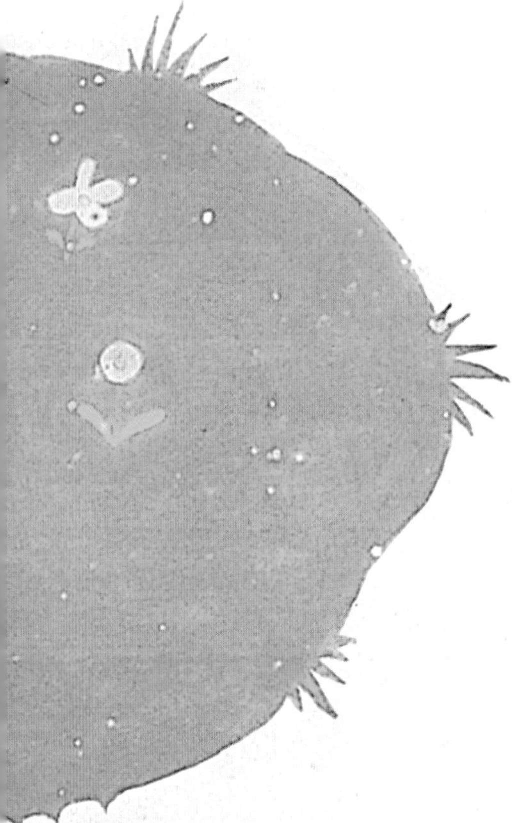

雨の日よう日

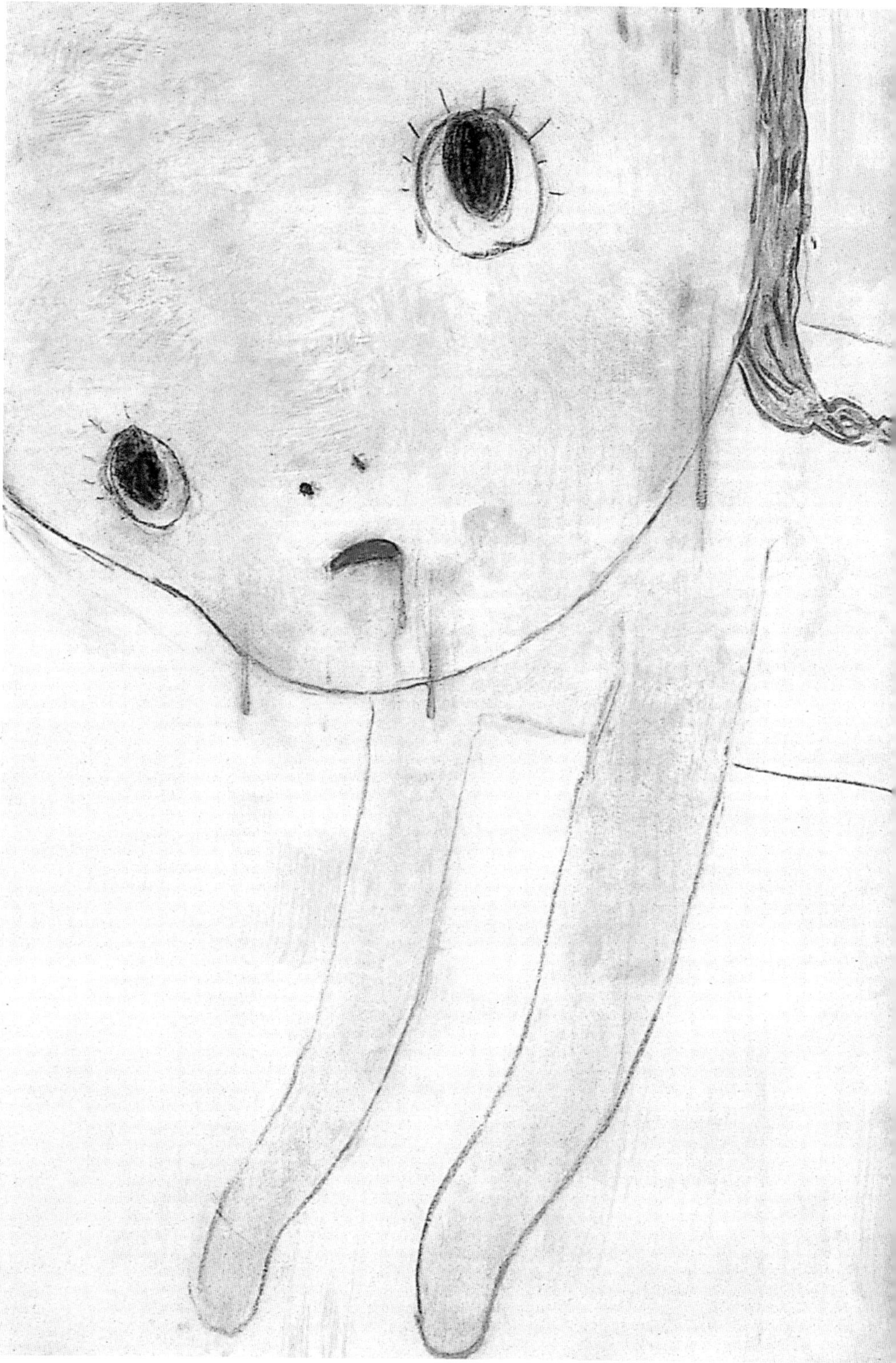

みず
ノリナ

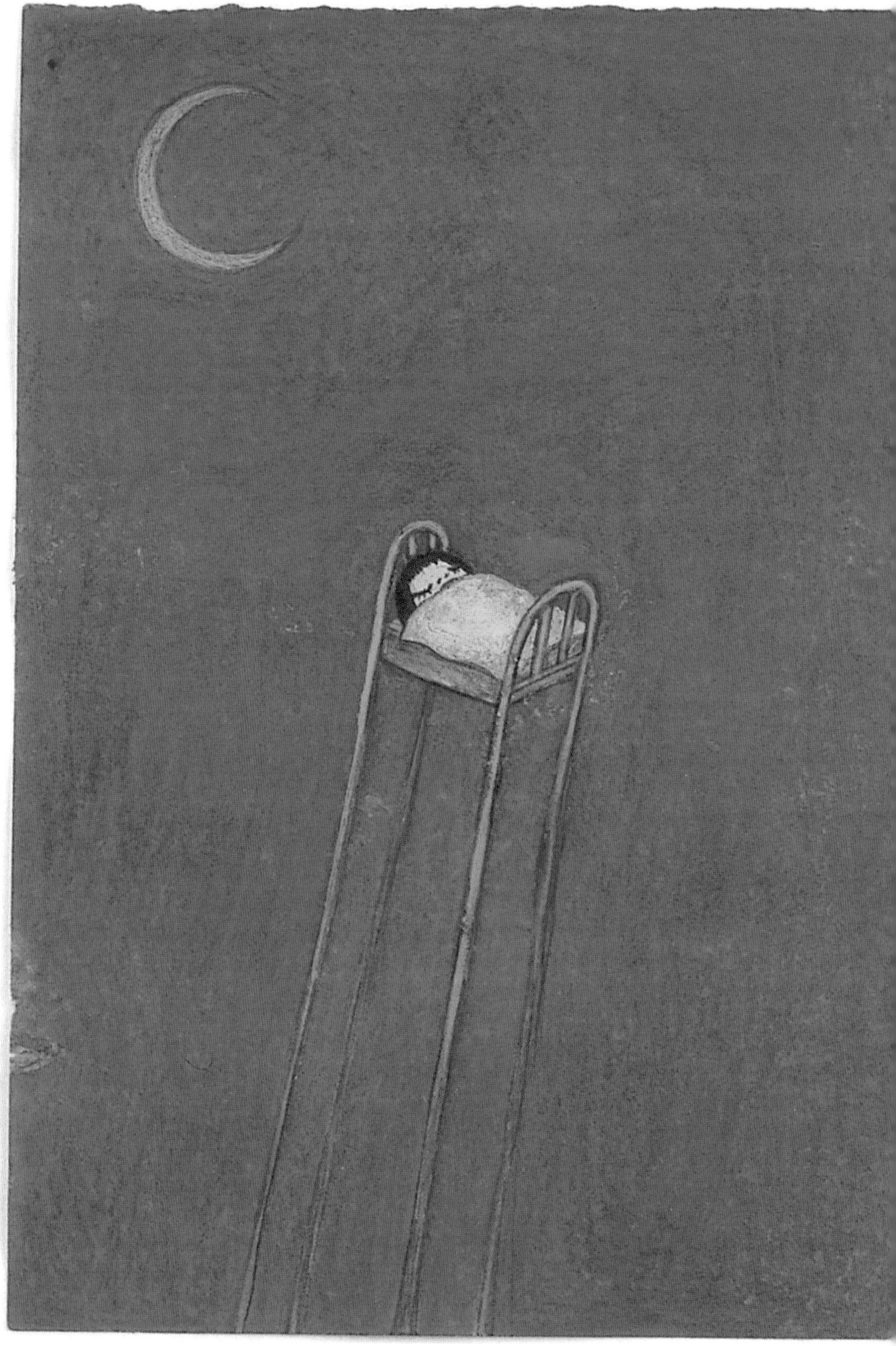

ひな菊の人生

藍小說 819

雛菊的人生

作　者—吉本芭娜娜
譯　者—張秋明
副總編輯—葉美瑤
編　輯—黃嬿羽
美術編輯—蔡文錦
執行企劃—黃千芳
校　對—張秋明、黃嬿羽
總 編 輯—余宜芳
董 事 長—趙政岷
出 版 者—時報文化出版企業股份有限公司
108019台北市和平西路三段二四〇號三樓
發行專線—（〇二）二三〇六—六八四二
讀者服務專線—〇八〇〇—二三一—七〇五・（〇二）二三〇四—七一〇三
讀者服務傳眞—（〇二）二三〇四—六八五八
郵撥—一九三四四七二四時報文化出版公司
信箱—一〇八九九臺北華江橋郵局第九九信箱
時報悅讀網—http://www.readingtimes.com.tw
電子郵件信箱—liter@readingtimes.com.tw
法律顧問—理律法律事務所　陳長文律師、李念祖律師
印　刷—和楹印刷有限公司
初版一刷—二〇〇九年三月二十三日
初版九刷—二〇二一年四月二十三日
定　價—新台幣一八〇元
（缺頁或破損的書，請寄回更換）

時報文化出版公司成立於一九七五年，並於一九九九年股票上櫃公開發行，於二〇〇八年脫離中時集團非屬旺中，以「尊重智慧與創意的文化事業」爲信念。

ISBN 978-957-13-4834-6
Printed in Taiwan

國家圖書館出版品預行編目資料

雛菊的人生／吉本芭娜娜著；張秋明譯. --
初版. -- 臺北市：時報文化, 2009.03
面；　公分. --（藍小說；819）

ISBN 978-957-13-4834-6（平裝）

861.57　　　　97006762